AF483563

ONE MILLION
IDEAS
STORE
MARCO ARANA

Un Cuento para Niños

La historia de Sofía es encantadora y llena de imaginación. La forma en que describe sus aventuras es muy vívida, lo que permite a los lectores sentir la emoción y la alegría de ser niños. Sus amigos, Silfo y Silfides, añaden un toque mágico y misterioso, y la idea de la llave que abre la puerta de los sueños es un concepto fascinante que invita a la exploración .

La transición hacia el mundo de los Elementales del Aire es muy creativa y ofrece una lección valiosa sobre el poder de los pensamientos y la imaginación. Es genial cómo se entrelazan elementos de fantasía con enseñanzas. La historia no solo entretiene, sino que también deja una reflexión importante para los jóvenes lectores. En general, es una narración mágica que combina aventura, amistad y aprendizaje de una manera muy atractiva. ¡Definitivamente es una historia que muchos niños disfrutarán y recordarán!

"El Viaje de Sofia"

Un Sábado Soleado

La Emoción por un Nuevo Día
La anticipación de un día lleno de posibilidades

Era un sábado soleado y Sofía se despertó llena de emoción. Miró por la ventana y vio que el cielo estaba despejado, con unas cuantas nubes esponjosas que parecían invitarla a salir a jugar.

Preparativos para la Aventura

Un Nuevo Día, Un Nuevo Desafíos

La importancia de estar listo y emocionado por nuevas experiencias.

Después de un delicioso desayuno, Sofía corrió a su habitación y se puso su ropa favorita: un vestido floreado y unas sandalias cómodas. Estaba lista para un día lleno de aventuras.

El Parque de la Alegría

La Alegría Colectiva
La felicidad que se encuentra en la comunidad y el juego.

Decidió visitar el parque cercano a su casa. Al llegar, se encontró con un ambiente lleno de alegría y vida. Los niños corrían por el césped, reían a carcajadas y se divertían en los columpios y toboganes.

Nuevos Amigos en el Parque

Amistad y Energía
La conexión que se forma a través de la diversión y la aventura compartida

Sofía, contagiada por la energía del lugar, se dirigió hacia un área donde dos niños, un niño y una niña, jugaban felices. El niño, de cabello rubio y ojos azules, se llamaba Silfo. Era un niño aventurero y juguetón, siempre dispuesto a explorar nuevos lugares y juegos.

La Dulce Silfides

Diversidad en la Amistad
La belleza de conocer a personas con diferentes personalidades

La niña, de cabello amarillo claro y ojos azules con forma de almendra, se llamaba Silfides. Era una niña dulce y cariñosa, a quien le encantaba socializar y conocer a otros niños.

Construyendo Sueños

Imaginación y Creatividad
El poder del juego simbólico y la creación de mundos imaginarios

Sofía, junto a sus nuevos amigos, construyeron una casita de muñecas con ramas y hojas, y luego fingieron ser princesas y príncipes de un reino donde había muchos tesoros escondidos. Corrieron de un lado a otro, riendo a carcajadas mientras se perseguían y se escondían.

La Llave Mágica

Regalos de Amistad

La generosidad y el valor de los obsequios simbólicos

Ya cansados, se sentaron bajo un gran árbol con una protectora sombra. Los niños, maravillados por la amabilidad de Sofía y su espíritu inocente, le regalaron una misteriosa llave mágica que abría la puerta de los sueños, un lugar donde cualquier cosa era posible.

 MARCO ARANA

Un Regalo Especial

Lo Misterio y La Magia

La emoción de recibir algo mágico y especial

Sofía, emocionada por la posibilidad de visitar un lugar tan fantástico, le agradeció el invaluable regalo. Silfo y Silfides solo le indicaron a Sofía que la magia de la llave solo funcionaría mientras nadie se enterara de su existencia.

La Merienda de Mamá

Nutrición y Cuidado
La importancia de la familia y el cuidado en momentos especiales.

Rápidamente, Sofía guardó la llave en su bolsillo y la ocultó para mantener su promesa. Al mediodía, el estómago de Sofía comenzó a rugir, y se fue a casa, donde su mamá le tenía una deliciosa merienda: sándwiches de mantequilla de maní y mermelada, frutas frescas y jugo de uva.

Transmitir los cuentos y las Aventura

Compartir Experiencias

La alegría de contar historias y compartir vivencias con seres queridos

Sofía le contó a su madre sobre todas las aventuras que había vivido durante la mañana con sus nuevos amigos. Finalmente, cansada y con el estómago lleno, llegó la hora de irse a tomar una merecida siesta, sintiéndose agotada pero feliz.

Los Sueños y Los Recuerdos

Refugio en los Sueños
El consuelo que se encuentra en la amistad y la esperanza

Había sido una mañana maravillosa, llena de juegos, amistades y diversión. Sofía recordó la llave que le regalaron y la ubicó junto a su corazón. Se acurrucó en su cama con la fe de que vería nuevamente a sus amigos y se entregó al sueño.

El Túnel Brillante

Enfrentando el Miedo
La inseguridad que puede surgir ante lo desconocido

Mientras se dormía, Sofía vio un gran túnel con una luz muy brillante al final. Había una puerta blanca y cuando llegó a ella, su corazón se comenzó a llenar de inseguridad porque no sabía cómo entrar.

MARCO ARANA

La Voz de la Confianza

Escuchando la Intuición
La importancia de seguir las voces internas en momentos de duda

Mientras más crecía el miedo, el sol, que era brillante, comenzó a opacarse con nubes grises. En ese momento, escuchó una voz conocida que le dijo:—Usa la llave.

La Puerta Mágica

Descubrimiento y Aventura
La emoción de entrar en un nuevo mundo lleno de maravillas.

Rápidamente, encontró la llave que traía en su bolso la saco y abrió la puerta. Cuando pasó el umbral de la puerta, se encontró en un bosque frondoso, iluminado por una luz tenue y mágica.

Secretos del Bosque

Curiosidad Natural
El deseo innato de explorar y descubrir lo desconocido

Los árboles, altos y majestuosos, susurraban secretos al viento, y las flores de colores vibrantes despedían un aroma embriagador. Sofía, sintiendo una curiosidad irresistible, se adentró en el bosque, siguiendo un sendero que parecía brillar con luz propia.

El Rencuentro de Amigos

Reencuentro y Alegría
La felicidad de reunirse con amigos en momentos especiales.

En su camino, Sofía se encontró con sus amigos Silfo y Silfides, que llegaron a recibirla. La alegría los contagió a los tres por su reencuentro.

Una Nueva Realidad

Asombro y Preguntas
La curiosidad que despierta lo extraordinario en la vida.

Cuando pasó la emoción del reencuentro, Sofía vio algo extraño: sus amigos tenían alas como las hadas. Inmediatamente les preguntó:—Silfo, Silfides, ¿por qué tienen alas?

Los Elementales del Aire

Propósito y Servicio
El valor de conocer el propósito detrás de nuestras acciones

—Silfides y yo somos Elementales del Aire y del Viento. Dios nos creó para servirle al ser humano en su camino evolutivo.

Criaturas Fantásticas

Maravillas de la Naturaleza
La belleza y magia que residen en el mundo natural

En el camino, Sofía se encontró con criaturas fantásticas: hadas traviesas que revoloteaban entre las flores, duendes juguetones que escondían tesoros entre las raíces de los árboles, y unicornios majestuosos que galopaban con gracia por el claro del bosque.

Historias de Aventura

Aprendizaje a Través de Conversaciones

El valor de escuchar y aprender de las experiencias de otros

Sofía conversaba con Silfo y Silfides, escuchaba sus historias y aventuras. A medida que avanzaba, el bosque se transformaba en paisajes cada vez más impresionantes.

Explorando Maravillas

La Exploración y Descubrimiento

La alegría de descubrir nuevos lugares y maravillas.

Atravesó praderas doradas bañadas por el sol, escaló montañas imponentes con picos que tocaban las nubes, y navegó por ríos cristalinos que reflejaban la belleza del cielo. En cada lugar que visitaba, Sofía, junto a sus nuevos amigos, descubría nuevas maravillas.

El Castillo Brillante

La Magia en Cada Rincón
La magia que se encuentra en los lugares especiales

Finalmente, llegaron a un castillo majestuoso ubicado en la cima de una colina. El castillo brillaba con una luz intensa y emanaba una energía mágica que la llenaba de alegría.

Las Puertas Doradas

El Conocimiento y La Sabiduría
La importancia de la mente y la comprensión en nuestra vida

Sofía, sin dudarlo, se acercó al castillo y cruzó las grandes puertas doradas que decían: "Todo es Mente". Dentro del castillo, Sofía fue recibida por los tres regentes de ese reino: Pavana, Hichuara y Paralda.

El Salón de Estudios

La Belleza y El Aprendizaje
La admiración por el conocimiento y la belleza en el aprendizaje

Sofía estaba muy impresionada con tanta belleza. Sus anfitriones invitaron a Sofía a pasar a su salón de estudios, donde se encontraba toda la información sobre los Elementales del Aire y del Viento, y le pusieron a Silfo y Silfides a su disposición para que la orientaran con cualquier inquietud.

La Experiencia de Sofía

La Conciencia y Los Sueño
La reflexión sobre la naturaleza de la realidad y los sueños

Sofía, como estaba consciente de que estaba dormida y que su cuerpo físico estaba en otro lado, quería saber cómo toda esa experiencia que estaba viviendo era posible.

El Gran Ser Superior

La Interconexión
La comprensión de que todo está conectado en un gran sueño.

—**Cuando estás en el mundo físico y ves a tu alrededor, a los árboles, los animales y las estrellas, no te imaginas que todo lo que observas es parte del sueño de un gran ser superior que tiene una mente muy poderosa.**

El Arquitecto del Universo

El Creador del Universo
El reconocimiento de una fuerza superior detrás de la existencia

Esta mente es del gran arquitecto del universo un espíritu que a creado todo lo que conocemos. Aunque no podemos verlo, está detrás de todo lo que existe.

Tu Mundo Interior

El Poder de la Imaginación
La capacidad de soñar y crear realidades en nuestra mente

Tu mente también es un pequeño mundo que puede crear todo lo que sueña. Observa este sueño aquí: puedes volar, hablar con animales o visitar lugares mágicos. Aunque es un sueño, se siente muy real, ¿verdad?

El Universo como Sueño

La Gran Creación
La idea de que la realidad es una proyección de la mente.

Ahora imagina que el universo es algo similar, creado por una mente muy grande. Todo lo que sentimos y experimentamos, como la energía y la materia, son parte de este gran sueño.

El Poder de los Pensamientos

Nuestro Super Poder

La influencia que tienen nuestros pensamientos en nuestra vida.

Observa que tus pensamientos son muy poderosos. Mira, cuando piensas en algo que quieres lograr, como aprender a montar en bicicleta,

La Práctica y la Fe

Persistencia y Crecimiento

La importancia de la práctica y la fe en uno mismo.

tu mente empieza a trabajar en eso. Al principio puede ser difícil, pero si sigues practicando y creyendo en ti mismo, eventualmente lo logras.

La Influencia de los Pensamientos

El Impacto de las Creencias

Cómo nuestras creencias pueden moldear nuestras acciones y logros

Esto muestra cómo tus pensamientos pueden influir en lo que haces y en lo que puedes alcanzar.

El Poder de la Imaginación

Imaginación y Creatividad

El poder de la creatividad y la autoobservación en nuestras vidas.

También todos los seres humanos tienen, un inmenso poder llamado imaginación, creatividad y auto Observación.

Una Aventura en la Mente

Escapando de la Ansiedad
La habilidad de transformar la ansiedad a través de la imaginación.

Mira este ejemplo: cuando estás en un lugar esperando y hay una fila muy larga tu mente comiensa a impacientarte, cierras los ojos y empiezas a imaginar que estás en una aventura, como explorando una isla llena de tesoros, tu mente te llevará a ese lugar emocionante y la ansiedad desaparecerá,

La Llave del Conocimiento

Conocimiento como Llave

La comprensión de que el conocimiento puede abrir nuevas puertas

Aunque físicamente estés en el mismo lugar, tu mente puede hacer que te sientas feliz y emocionado. Esto muestra cómo la mente puede cambiar nuestra experiencia del mundo.

El Pensamiento Positivo

Optimismo y Confianza
La importancia de mantener una actitud positiva

La clave mágica del conocimiento es cuando entiendes que el universo es como una gran idea en la mente. Puedes aprender a usar eso para mejorar tu vida.

Avanzando hacia el Conocimiento

El Camino del Conocimiento
La conexión entre la mente y el crecimiento personal

Es como tener una llave mágica que te abre puertas. Si sabes que ser positivo y tener confianza, puedes pensar de manera más optimista y ver cómo eso mejora tu día a día.

La Mente Creadora

Influencia de Nuestros PensamientoS

La relevancia de ser conscientes de nuestros pensamientos.

Cuando comprendes que todo es mental, estás avanzando en tu camino hacia el conocimiento. Así que recuerda: ¡tus pensamientos son poderosos y pueden ayudarte a crear la vida que deseas!

Creando la Vida que Deseas

Creando Tu Futuro
El poder de la mente para manifestar nuestros deseos

—En conclusión, todo lo que vemos y experimentamos en el mundo es parte de la poderosa mente del creador de todas las cosas. Nuestros pensamientos son muy importantes, ya que pueden influir en nuestras acciones y en cómo vivimos nuestras vidas.

Conciencia del Presente

Conciencia del Momento Presente

La relevancia de vivir en el aquí y ahora

Al entender que todo es mental, podemos aprender a ser más positivos y a alcanzar nuestros sueños. Recuerda: tus pensamientos tienen el poder de crear la vida que deseas. ¡Usa esta magia! esta a tu disposición.

MARCO ARANA

La Auto-Observación

Conocerse Si Mismo

La importancia de la autorreflexión en el crecimiento personal.

Sofía pregunto a Silfo ¿qué es Auto-Observación? a lo que Silfo contesto con gran alegría: es la capacidad que tiene el ser humano de prestar atención a sus pensamientos, sentimiento.

Enfrentando el Miedo

Valentía ante el Miedo
La importancia de enfrentar nuestros miedos con coraje.

La auto observación te ayudará a estar siempre consciente en el momento presente y te ayudará a que los pensamiento negativos no puedan lastimarte

Desintegrando el Miedo

Eliminando Pensamientos Negativos

El poder de pedir ayuda para superar pensamientos difíciles

Sofía pregunto a Silfo ¿Que pasa si tengo un pensamiento feo y me da miedo.

Silfo contesto: si te sucede esto observa el pensamiento tienes que ser valiente, aunque sienta miedo, en ese momento le pides al gran arquitecto del universo a la parte divina que esta dentro de ti que desintegren ese pensamiento.

Las Tres Claves del Despertar de la Conciencia

Claves para la Conciencia

La importancia de la autoobservación en el autoconocimiento.

Silfo recomendó a Sofía prácticar la auto observación de momento en momento, estar consciente del Aqui y Ahora y le develo las tres claves para el despertar de la conciencia: Quien soy, donde estoy y que estoy haciendo. !Tomar conciencia!

Un regalo valioso

Valorar lo que Aprendemos
El valor todas las enseñanzas que recibimos en la vida

Sofía estaba muy emocionada por la enseñanza que estaba recibiendo y sabía muy dentro de ella que era uno de los regalos más valiosos que recibiría en su vida.

Explorando el Mundo de los Elementales

Exploración y Aprendizaje
La curiosidad por el mundo y su propósito

Después de un breve silencio, entró el Gran Pavana, invitando a Sofía a salir y ver el resto del pueblo, y conocer sobre el Mundo Elemental del Aire, su misión y cuál es el objetivo en la evolución humana.

La Hora de Despertar

Despertar a la Realidad
La transición entre el sueño y la vigilia

Pronto sonó una gran campana y una voz suave le dijo: "Sofía, despierta, es hora de hacer la tarea."

Despertar con Alegría

La Alegría del Despertar
La felicidad que se siente al regresar a la realidad

Su cuerpo comenzó a volar rápidamente hacia su cuerpo físico. Sofía despertó con alegría y un gran ánimo,

El Regreso al Sueños

La Conexión con los Mundo Superiores

La posibilidad de regresar al mundo de los sueños y encontrar a sus amigos

Sofia tenia la Certeza de que podía regresar al mundo de los sueños cuando quisiera, donde la esperaban sus queridos amigos.

"CONTINURA"

"El Principio del Mentalismo"

"El Kybalion", establece que "el Todo es mente; el universo es mental". Esto significa que la realidad que percibimos es una manifestación de la mente y que todo lo que existe es, en esencia, una creación mental. Este principio sugiere que nuestros pensamientos y creencias tienen un poder significativo en la creación de nuestra experiencia y realidad

Comentarios de Amigos

"¡Wow! Esta historia está increíble. Nunca había pensado que el mundo físico fuera como un sueño. Me gustó la idea de que mis pensamientos pueden hacer que las cosas pasen. ¡Es como tener superpoderes! Cuando pienso en algo que quiero, como aprender a jugar un nuevo videojuego o hacer un truco en la bicicleta, me siento más motivado."

"Ahora entiendo que si creo en mí mismo y soy positivo, puedo lograrlo. También me gusta la parte de la imaginación. A veces, cuando estoy aburrido, cierro los ojos y me imagino en aventuras geniales. ¡Es genial saber que mi mente puede hacerme sentir feliz y emocionado! Voy a intentar pensar más positivamente y usar mi imaginación para crear cosas increíbles. ¡Gracias por compartir esto!"